roman noir

Dominique et compagnie

Sous la direction de
Agnès Huguet

Gilles Tibo

Le chasseur
de monstres

Illustrations

Marion Arbona

**Catalogage avant publication de
Bibliothèque et Archives Canada**

Tibo, Gilles, 1951-
Le chasseur de monstres
(Roman noir)
Pour enfants de 7 ans et plus.

ISBN 978-2-89512-618-8
I. Arbona, Marion. II. Titre.
III. Collection.

PS8589.I26C3995 2007 jC843'.54 C2006-942147-1
PS9589.I26C3995 2007

© Les éditions Héritage inc. 2007
Tous droits réservés
Dépôts légaux : 3e trimestre 2007
Bibliothèque et Archives nationales
du Québec
Bibliothèque nationale du Canada
Bibliothèque nationale de France
ISBN 978-2-89512-618-8
Imprimé au Canada

10 9 8 7 6 5 4 3 2 1

Direction de la collection et
direction artistique : Agnès Huguet
Conception graphique :
Primeau & Barey
Révision et correction :
Corinne Kraschewski

Dominique et compagnie
300, rue Arran
Saint-Lambert (Québec)
J4R 1K5 Canada
Téléphone : 514 875-0327
Télécopieur : 450 672-5448
Courriel :
dominiqueetcie@editionsheritage.com
Site Internet :
www.dominiqueetcompagnie.com

Nous remercions le Conseil des Arts du
Canada de l'aide accordée à notre programme de publication. Nous reconnaissons l'aide financière du gouvernement du
Canada par l'entremise du Programme
d'aide au développement de l'industrie de
l'édition (PADIÉ) pour nos activités d'édition.

Nous reconnaissons l'aide financière du
gouvernement du Québec par l'entremise
du Programme de crédit d'impôt pour l'édition de livres – SODEC – et du Programme
d'aide aux entreprises du livre et de
l'édition spécialisée.

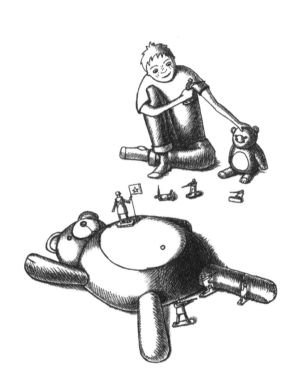

Chapitre 1
Papy Grégoire

Il y a de cela très longtemps, j'étais un enfant timide et solitaire. Je n'avais pas d'amis, ou si peu… Chaque jour, après l'école, je courais jusqu'à la maison et je m'enfermais dans ma chambre. Loin du monde et de ses tourments, je passais de longues heures à jouer avec mes oursons et mes soldats de plomb. Ensemble, nous combattions des ennemis imaginaires.

À la fin de ma première année

scolaire, mes parents m'offrirent le choix : aller dans un camp de vacances, en compagnie d'enfants de mon âge, ou faire un séjour chez mon grand-père qui était forgeron. La décision ne fut pas difficile à prendre. Sans hésiter, je choisis de passer quelques semaines chez mon grand-père. Je le surnommais affectueusement papy Grégoire. Et lui, de son côté, il m'appelait son « petit Gilou ».

Depuis le décès de ma grand-mère, bien des années avant ma naissance, papy Grégoire vivait seul dans une petite maison construite à l'orée d'un grand bois. J'avais bien hâte d'aller le rejoindre pour courir dans les champs, jouer avec les animaux de la basse-cour, pêcher dans la rivière et chasser les papillons. Mais je me trompais. Ces premières vacances chez papy Grégoire allaient me permettre de chasser bien autre chose…

• • •

Mes parents me conduisirent chez papy Grégoire. Ils m'embrassèrent et retournèrent en ville pour continuer leur vie de citadins. Alors commencèrent pour moi les vacances les plus extraordinaires de toute ma vie.

À l'aurore, je nourrissais les poules, les oies et les canards. Ensuite, je ratissais le jardin ou j'arrosais les plantes… L'après-midi, mon grand-père m'initiait aux travaux des champs, et aussi aux secrets de la forge.

Après le souper, papy Grégoire et moi, nous discutions en faisant la vaisselle. Ensuite, nous partions faire une longue promenade. Nous longions la lisière de l'immense forêt. Puis, face au vent qui nous caressait le visage, nous montions sur une colline pour admirer le coucher du soleil.

C'était le plus beau moment de la journée. Mon grand-père s'asseyait près de moi sur un piton rocheux qui ressemblait à une carapace de tortue. Puis il me racontait des contes de sorcières, des légendes de loups-garous et d'autres histoires à me faire dresser les cheveux sur la tête.

À la brunante, nous revenions vers la maison en empruntant des pistes qui se faufilaient entre les vallons. Papy Grégoire venait me border dans la petite chambre aménagée sous le pignon. C'était, disait-il, l'endroit le plus proche des étoiles. Il m'embrassait sur le front en me souhaitant une bonne nuit remplie de rêves. Puis il redescendait au rez-de-chaussée et se laissait tomber dans sa vieille chaise berçante. Poursuivi par des monstres imaginaires, je m'endormais en écoutant le grincement de la chaise sur le plancher de bois.

• • •

Ainsi se passèrent les six premiers jours de mes vacances. Mais, le soir du septième jour, il se produisit un événement inhabituel. Nous marchions en silence le long des grands arbres. Contrairement à ses habitudes, mon grand-père m'entraîna sur un sentier qui s'enfonçait au cœur de la forêt. De nouveaux parfums emplirent mes narines. Des bruits inconnus me firent bondir de peur. C'était la première fois que je m'aventurais dans une forêt aussi profonde… Les histoires de sorcières, les légendes de loups-garous et les autres récits épouvantables me revinrent à la mémoire. Le cœur à l'envers, je m'agrippai fermement à la main de papy.

Au loin, des branches craquaient. Le feuillage des arbres se balançait avec force, comme s'il avait été secoué par un monstre invisible. Il me semblait que toute la forêt était devenue vivante et voulait me dévorer. Envahi par la peur, je lâchai brusquement la main de mon grand-père et courus vers la maison. Je m'enfermai dans ma chambre et me couchai en pleurant.

Quelques minutes plus tard, papy Grégoire, encore tout essoufflé, vint me border et me caressa doucement les cheveux. Puis, lentement, il redescendit au rez-de-chaussée en soupirant :

— Il n'est pas mûr…

Chapitre 2
La première épée

Le lendemain matin, papy Grégoire semblait préoccupé. À plusieurs reprises, il me regarda du coin de l'œil. Après plusieurs minutes de silence, il dit :

— Aujourd'hui, mon petit Gilou, c'est ton jour de congé. Tu fais ce que tu veux !

Il termina son petit-déjeuner puis se rendit à la forge où il martela des bouts de métal. J'errai autour de la maison puis, ne sachant plus que faire, j'allai le rejoindre.

Pour rompre l'ennui et pour imiter mon grand-père, je ramassai des morceaux de bois sous l'établi et me mis à fabriquer une épée.

De temps à autre, pendant que je travaillais, papy Grégoire se retournait pour m'observer. En souriant, il me prêta des outils et me donna des conseils. Il m'expliqua comment scier, comment clouer et comment sabler le bois dans le sens du grain.

Cet après-midi-là, lorsque j'eus terminé ma première épée de bois, le visage de mon grand-père s'éclaira d'une étrange lueur. Il me serra dans ses bras, puis il me montra comment me servir de mon arme. Mais il me répéta cent fois :

— Ne t'en sers jamais pour attaquer : toujours pour te défendre !

Alors, en pratiquant le maniement de mon épée, je me défendis contre une brouette qui ressemblait à un monstre coiffé de cornes. Un épouvantail, tout déplumé, se transforma en adversaire coriace. Les rayons d'une vieille roue devinrent les grandes ailes d'un moulin à vent. Et je transperçai le tas de foin plus de mille fois pour terrasser un monstre qui renaissait toujours de ses blessures…

Ce soir-là, armé de ma première épée de bois, je partis faire la traditionnelle promenade avec papy Grégoire. Je fis même quelques pas hésitants à l'entrée de la grande forêt. Mon grand-père était fier de moi. En souriant, il me regarda m'avancer sous les arbres, l'épée tendue, prêt à me défendre contre les bêtes

féroces qui en surgiraient.

Mais aucune bête n'apparut. La forêt était silencieuse et immobile. Papy Grégoire et moi, nous nous rendîmes jusqu'au premier tournant du sentier. Le sourire aux lèvres, nous retournâmes ensuite à la maison. Épuisé, je me glissai dans mon lit. Je dormis en ne rêvant à rien.

Je me réveillai avant le chant du coq. Je me précipitai dans la forge et commençai à fabriquer une autre épée de bois. Je la voulais plus longue, plus belle et plus résistante que la première… Je fis de même le lendemain, le surlendemain, et ainsi de suite. Chaque soir, armé d'une nouvelle épée, je m'enfonçais un peu plus dans la forêt. Je m'y sentais

de plus en plus à l'aise, combattant encore et encore des ennemis invisibles, que je terrassais chaque fois.

• • •

C'était le quatorzième jour de mes vacances. Pendant que papy Grégoire martelait des morceaux de fer rougis par le feu, moi, je terminais la plus belle de toutes mes épées. Le manche, sculpté dans une branche de chêne, épousait parfaitement la forme de ma paume. La lame, ciselée dans un morceau d'érable, était longue et effilée. Je venais de créer le chef-d'œuvre de ma vie.

Ce soir-là, j'étais prêt à affronter tous les monstres de la terre. Mais, curieusement, mon grand-père refusa de sortir de la maison. Il était trop fatigué pour faire une promenade. En se berçant près de la cheminée, il me regarda combattre les ennemis imaginaires qui hantaient le salon, la cuisine et l'escalier.

À la fin de ces batailles, je me couchai en serrant ma belle épée contre mon cœur. Papy Grégoire vint me rejoindre. Il s'installa près du lit et appuya ses deux coudes sur ses genoux. D'une voix basse, il me confia un secret que je ne devrais dévoiler à personne. Mon grand-père appartenait à la longue tradition des « chasseurs de monstres et autres créatures effrayantes à vous glacer le sang ». Cette lignée existait depuis le commencement du monde

et sautait une génération sur deux.
Cela voulait dire que, moi aussi, je
faisais partie de cette incroyable
lignée.

Je n'en dormis pas de la nuit.

Chapitre 3
Les premiers combats

Chaque soir, papy Grégoire et moi nous nous enfoncions davantage au cœur de la forêt. Les sentiers n'avaient plus de secret pour moi. J'en connaissais les détours, les descentes vertigineuses, les montées vers le ciel. Mon épée à la main, je courais, loin devant mon grand-père, en criant :

— Allez, les monstres ! Sortez de votre cachette ! Montrez-vous !

Au retour, papy Grégoire me

racontait les grandes batailles qu'il avait livrées dans sa jeunesse. Il me parla des dragons à sept têtes, terrassés d'un seul coup d'épée. Il me narra ses poursuites dans les dédales de la forêt et les ruses qu'il employait pour se débarrasser des fantômes qui rôdaient dans les profondeurs de la nuit.

Un soir de pleine lune, mon grand-père me borda en murmurant :

— Mon petit Gilou, tu es maintenant prêt à affronter tes propres monstres.

Aussitôt la porte refermée, je savais ce qu'il me restait à faire. Je mis l'épée à ma ceinture, puis j'ouvris la fenêtre et me glissai le long de la gouttière. Ensuite, je me dirigeai vers le mur des grands arbres. Le cœur battant, je pénétrai, seul, dans la forêt. C'était à mon tour d'y chasser les « monstres et autres créatures effrayantes à vous glacer le sang ».

Je marchai longtemps sur le sentier. À ma grande surprise, je ne vis rien d'effrayant. Pas de monstres, pas de fantômes, pas de vampires. Rien que le feuillage des arbres qui se balançait sous le faisceau de la lune. Je me dis que papy Grégoire avait inventé toutes ces histoires pour m'effrayer. Il ne voulait pas que je m'aventure dans la forêt sans lui.

Déçu, je fis demi-tour. Mais, à peine avais-je tourné les talons que la peur me paralysa sur place. Un affreux squelette se dressait sur le sentier. Il se rua sur moi et, d'un coup de faux, il trancha la pointe de mon épée.

Je déguerpis à travers bois. Dans

ma fuite effrénée, j'entendais le souffle rauque de mon assaillant qui s'approchait en claquant des mâchoires. Mais, heureusement pour moi, à chaque enjambée, le squelette se heurtait contre les arbres. Ses os craquaient, se disloquaient, tombaient un à un. Il perdit tant de morceaux qu'il s'effondra au pied d'un rocher.

Depuis ce jour, on appelle cet endroit le rocher de la mort subite.

Le lendemain matin, lorsque papy Grégoire remarqua mes cheveux en bataille et la pointe de mon épée brisée, ses yeux s'emplirent de larmes. Il mit sa grosse main sur mon épaule et me serra contre lui. Il regarda du côté de la forêt en murmurant :

—Repose-toi bien, mon petit Gilou. Désormais, tes nuits seront agitées.

Je l'accompagnai à la forge. Bercé par le rythme du marteau sur l'enclume, je m'assoupis sur le tas de foin.

Le soir même, je mis mon épée à ma ceinture, puis je quittai la maison pour m'enfoncer encore une fois au cœur de la forêt.

Le vent sifflait entre les grands sapins. Les rochers grognaient comme des bêtes sauvages. On aurait dit que les racines retenaient entre leurs serres une multitude de monstres prêts à s'évader. Soudain, au loin, les sons stridents d'une trompette s'élevèrent et planèrent au-dessus des arbres comme des rapaces aux ailes déployées.

Attiré par les appels de l'instrument, je quittai le sentier. Comme une fourmi, je me mis à trottiner sous les arbres centenaires.

La trompette répéta trois fois son appel. Ensuite, elle laissa toute la place aux lamentations du vent. J'entendis le trot d'un cheval qui se rapprochait. Puis, comme venu de l'autre côté de la nuit, un chevalier sans visage se présenta au centre d'une arène formée par de hauts sapins.

Il me fallait maintenant affronter le chevalier, seul sous la lune, seul avec mon courage.

Grimpant sur une souche et brandissant mon épée, je fis signe au chevalier que j'acceptais le duel. Il fit hennir sa monture, puis au galop, il s'élança sur moi. Plus de cent fois, au cours de cette mémorable nuit,

le guerrier tenta de me transpercer avec sa longue lance. Chaque fois, je parvins à l'éviter en me lançant sur le côté, en sautant ou en culbutant.

À l'aube, épuisé par le poids de son armure, mon adversaire tomba à mes pieds. Dans un tourbillon de brume, le sol s'ouvrit puis se referma, emportant le chevalier et sa monture. C'est là que pousse maintenant un chêne. Son feuillage, agité par les vents, ressemble à un cheval au galop.

Chapitre 4

Le dernier combat

Le lendemain, sans dire un mot, papy Grégoire lava mon linge couvert de boue. Avec du fil et une aiguille, il reprisa les endroits déchirés. Et, pendant que je somnolais, il répara mon épée de bois et me confectionna une autre poignée, recouverte de cuir.

Aussitôt le soleil disparu derrière les grands arbres, je glissai mon épée à ma ceinture. Je quittai la maison et me faufilai dans la forêt. Je parcourus des sentiers sur plusieurs

kilomètres, mais aucune créature
n'apparut. Le monde au grand com-
plet était devenu silencieux. Rien ne
bougeait. On aurait cru que la forêt
tout entière retenait son souffle.

Puis, soudain, le sol trembla comme
la peau d'un tambour. Des milliers
d'oiseaux s'envolèrent en poussant
des cris. La tête d'un ogre géant sur-
git au-dessus des arbres. Le monstre

arrachait tout sur son passage, laissant, derrière lui, une longue cicatrice dans la forêt. De temps à autre, il se penchait pour fouiller dans les sousbois. Il attrapait un daim, un chevreuil ou un ours et les avalait en une seule bouchée. Je n'étais pas de taille à l'affronter. Alors, caché derrière des bosquets, j'attendis patiemment le bon moment.

Après avoir dévasté les flancs d'une montagne, l'ogre géant s'arrêta au bord d'un ruisseau pour se désaltérer. Fatigué et repu, il se laissa tomber sur une plage dont le sable brillait sous la lune.

Pendant que le géant somnolait, je m'approchai de ses immenses bottes. Sans faire de bruit, je nouai les lacets ensemble. Ensuite, je grimpai sur un monticule et criai le plus fort possible :

– Géant ! Regarde ! Je suis plus grand que toi !

L'ogre géant ouvrit les yeux et m'aperçut. Il se leva d'un bond. En se pourléchant les babines, il bondit pour m'attraper. Mais, comme ses bottes étaient attachées ensemble, il perdit l'équilibre et tomba dans un ravin. On le surnomme encore aujourd'hui le ravin des échos perdus.

• • •

La nuit suivante, je venais tout juste de pénétrer dans les bois lorsqu'une lumière s'éleva au dessus des arbres. Le ciel s'illumina comme par enchantement. Des odeurs de soufre se mêlèrent au vent. Des cris rauques, venus d'un autre monde, me glacèrent le sang. En tenant mon épée à deux mains, je m'avançai au plus profond de la forêt. Là, les marais, à demi couverts de brouillard, ressemblaient à des portes ouvertes sur l'enfer.

Tout à coup, une grande flamme s'éleva dans le ciel, puis la lumière disparut. La lune se cacha derrière les nuages. La forêt disparut dans une noirceur sans nom. Le sentier, les pierres, les fougères, tout avait été avalé par la nuit.

J'entendis de terribles grognements. Des craquements résonnaient jusqu'au fond des vallons. Un immense dragon à sept têtes apparut : il crachait des flammes si hautes qu'elles enflammaient le ciel. En bas, dans

la forêt, des arbres se tordaient sous les flammes. Des lièvres, des écureuils et des marmottes s'enfuyaient sous les fougères. Des chevreuils bondissaient par-dessus les talus. Alors, je me mis à lancer des cailloux en direction du dragon. Il fouetta l'air de son interminable queue, retourna ses sept têtes et m'aperçut. En crachant de gigantesques flammes, il se précipita sur moi.

Impossible d'affronter le plus terrible des monstres. À grandes enjambées, je me dirigeai vers les marais. Là, plus léger qu'un papillon, je courus de roche en roche en survolant les nénuphars. Je courais tellement vite que mon épée tomba de ma ceinture. Elle s'enfonça dans l'eau stagnante du marais, puis remonta à la surface pour aussitôt se faire piétiner par le monstre. Je sentais son souffle chaud me brûler la nuque.

Je croyais ma fin arrivée lorsqu'une plainte épouvantable déchira le silence. Ma tactique avait fonctionné. Derrière moi, le dragon s'enlisait dans les sables mouvants. Emporté par son poids, le monstre disparut dans les profondeurs du marais.

Depuis ce temps, l'eau des sources de la région est toujours chaude. Je suis le seul à savoir pourquoi.

Chapitre 5

La chasseresse
de monstres

Le lendemain de cette aventure,
mes vacances étaient terminées. Je
venais de boucler ma valise lorsque
l'automobile de mes parents s'ap-
procha sur le chemin de terre. Il me
semblait que j'avais vécu mille choses
depuis leur départ. Dans le secret
de mon cœur, je savais que je n'étais
plus tout à fait le même.

En me voyant, mes parents froncèrent les sourcils. Ils me trouvèrent bien pâle pour un garçon qui avait passé trois semaines à la campagne. Mon père remarqua tout de suite mes vêtements rapiécés et ma mère, en m'embrassant, trouva que je sentais le feu. Il n'était pas question de leur révéler mes secrets. Je balbutiais quelques réponses évasives. Papy Grégoire sauva la situation en leur expliquant que j'avais passé de longues journées dans la forge, à l'aider et à apprendre le métier. Mais il ne dit pas lequel.

Ensuite, papy Grégoire suggéra à mes parents de faire une petite promenade du côté des champs. Lorsqu'ils se furent éloignés, il m'entraîna dans la forge. Il avait un air solennel que je ne lui connaissais pas. Avec des gestes lents, il entrouvrit les portes d'une armoire. Il en sortit un long fourreau de cuir. Dedans, il y avait un objet dont je reconnus la forme. C'était une grande épée de métal. Sur la lame encore chaude, gravé en lettres d'or, mon nom avait été ajouté à celui de mes ancêtres.

Je m'agenouillai devant mon grand-père. Il leva l'épée, puis il la fit redescendre très lentement au-dessus de ma tête. Je sentais la chaleur du métal irradier dans mon crâne. Après quelques instants de silence, papy Grégoire murmura des paroles incompréhensibles, puis il déposa le plat de la lame sur chacune de mes épaules.

Les poules commencèrent à caqueter.

Au loin, mes parents revenaient de leur promenade.

Aidé par mon grand-père, je cachai mon trésor dans le fond du coffre de l'auto. Lorsque mes parents s'approchèrent, j'étais déjà assis sur la banquette arrière, ma valise sur les genoux. Mon grand-père nous souhaita un bon voyage de retour. Il se pencha vers moi et me murmura à l'oreille :

– Sois prudent, mon petit Gilou. Rappelle-toi. Jamais pour attaquer, toujours pour te défendre…

– Oui, oui, papy Grégoire, ne crains rien !

Une année s'écoula. Chaque jour, en revenant de l'école, je verrouillais la porte de ma chambre, puis je soulevais le matelas de mon lit. Je retirais ma belle épée pour lire et relire le nom de mes ancêtres. Ensuite, je combattais les monstres cachés sous mon sommier, dans les tiroirs de la commode et au fond de ma garde-robe. C'est ainsi que, peu à peu, je finis par me désintéresser de mes oursons et de mes soldats de plomb.

L'année suivante, je revins passer d'autres vacances de rêve chez mon très cher papy Grégoire. Avec ma fidèle épée de métal, j'affrontais, chaque soir, des bêtes féroces dans la grande forêt. L'histoire se répéta une dizaine d'années, jusqu'à ce que j'atteigne l'âge d'homme et que je devienne un grand Gilou.

Mon grand-père disparut un soir d'automne. Des chasseurs l'avaient vu pénétrer dans la forêt. Il n'en revint jamais. On le chercha partout, mais en vain. Je suis le seul à savoir pourquoi. Papy Grégoire est caché partout : dans le souffle du vent, dans le murmure du ruisseau, dans chaque bourgeon qui éclot, le printemps venu.

Un an, jour pour jour, après la disparition de mon grand-père, je rencontrai, au hasard d'une promenade, la femme de mes rêves. L'amour fit le reste. Je devins père, puis, des décennies plus tard, grand-père. Maintenant, ma petite-fille

Geneviève, habite avec ses parents, dans la ville voisine. Elle me surnomme papy Gilou.

Tous les vendredis, je garde ma petite-fille. Ce soir, en me voyant arriver, elle saute dans mes bras. Puis elle m'entraîne dans sa chambre pour me montrer les objets qu'elle a réalisés : un géant de chiffon, un cheval de papier, un dragon qui crache des flammes de carton.

Puis nous bricolons, assis l'un près de l'autre. Moi, j'invente une barque pour naviguer sur la voie lactée. Geneviève, avec des ciseaux, de la colle et du carton, fabrique… une belle épée. Je lui répète, alors, la phrase que papy Grégoire m'avait répétée mille fois :

–Jamais pour attaquer, toujours pour te défendre !

Tout en bricolant, j'épie ma petite Geneviève. Armée de sa belle épée de carton, elle terrasse des monstres invisibles tapis sous les chaises ou cachés dans sa garde-robe. Puis, fatiguée par tous ses combats, elle se glisse dans son lit en serrant l'épée contre son cœur. Je m'assois près d'elle et appuie mes deux coudes sur mes genoux. Je lui raconte les aventures que j'ai vécues dans la forêt de ma jeunesse.

À la fin de mon récit, je borde ma petite-fille bien-aimée, puis je lui murmure à l'oreille :

— Sois prudente, petite Geneviève. Rappelle-toi. Jamais pour attaquer, toujours pour te défendre…

— Oui, oui, papy Gilou, ne crains rien !

Je quitte la chambre. Derrière la porte close, j'entends Geneviève se lever, glisser l'épée à sa ceinture, ouvrir la fenêtre puis disparaître dans la nuit… Elle aussi est une « chasseresse de monstres et autres créatures à vous glacer le sang ».

Gilles Tibo

Auteur de grande renommée, Gilles Tibo a déjà publié des dizaines de livres pour enfants. Mais c'est la première fois qu'il écrit un roman où la peur et le suspense sont au premier plan. Gilles s'est donc glissé dans la peau de Gilou, un petit garçon solitaire. Il a imaginé une grande forêt, peuplée d'ogres et de dragons terrifiants. Ensemble, l'auteur et son jeune héros ont eu beaucoup de plaisir à affronter des monstres et d'autres créatures effrayantes à vous glacer le sang…

Visite notre site Internet pour en savoir plus sur nos auteurs, nos illustrateurs et nos collections :
www.dominiqueetcompagnie.com

Du même auteur
Dans la collection Roman rouge

Choupette et tante Dodo
Choupette et tante Loulou
Choupette et son petit papa
Choupette et maman Lili
Le petit musicien
Le grand magicien
Bisou et chocolat

Chez Dominique et compagnie, Gilles Tibo a aussi publié la série Alex (collection À pas de loup) et les albums illustrés *Le grand voyage de Monsieur* (prix littéraire du Gouverneur général 2002 pour les illustrations), *Émilie pleine de jouets* et *Roro, le cochon savant.*

Dans la même collection

Achevé d'imprimer en juillet 2007
sur les presses de Imprimerie L'Empreinte inc.
à Saint-Laurent (Québec) – 71394